푸른사상
시선

71

# 여기 아닌 곳

조 항 록 시집

푸른사상 시선 71

# 여기 아닌 곳

인쇄 · 2016년 12월 1일 | 발행 · 2016년 12월 10일

지은이 · 조항록
펴낸이 · 한봉숙
펴낸곳 · 푸른사상
주간 · 맹문재 | 편집 · 지순이 | 교정 · 김수란

등록 · 1999년 7월 8일 제2-2876호
주소 · 경기도 파주시 회동길 337-16(서패동 470-6) 푸른사상사
대표전화 · 031) 955-9111(2) | 팩시밀리 · 031) 955-9114
이메일 · prun21c@hanmail.net / prunsasang@naver.com
홈페이지 · http://www.prun21c.com



ISBN 979-11-308-1060-7 04810
ISBN 978-89-5640-765-4 04810 (세트)

값 8,800원


이 도서의 국립중앙도서관 출판시도서목록(CIP)은 서지정보유통지원시스템 홈페이지(http://seoji.nl.go.kr)와 국가자료공동목록시스템(http://www.nl.go.kr/kolisnet)에서 이용하실 수 있습니다. (CIP제어번호 : CIP2016027281)

☞이 시집은 2015년 아르코문학창작기금 수상 작가의 작품입니다.

# 여기 아닌 곳

## | 시인의 말 |

여기 아닌 곳은
서울이 아니라 영월이나 통영,
또는 후쿠오카나 하이델베르크나 부다페스트,
내 곁의 ABC가 아니라 xyz,
그도 아니면 2016년이 아니라 1985년이나 2035년.
뭐, 그런 의미라고 해두자.

가슴에 새긴 것들을 박박 문지르며
나는 돌아눕지 못한다.
오후의 여린 햇살이 길다.

조항록

| 차례 |

| 차례 |

## 제2부

| 차례 |

## 제3부

## 제4부

# 제1부

# 그게 말이 되느냐고

송년회란다
세월을 보낸단다
그게 말이 되느냐고 나는 물었다
사람이 세월을 보낸다는 것은 오만이므로
나는 망년회가 옳다고
그저 잊을밖에 달리 무얼 어쩌겠느냐고
길모퉁이에 가만히 주저앉았다

멀리 달아나는
세월의 뒷모습을 지켜보며
손을 흔들며
잘 가라며
그게 말이 되느냐고 나는 소리쳤다

# 속수무책

도마 위에서 안간힘을 쓰는 광어를 어찌할까
이를테면 연민 때문인데
납작 엎드려 살아온 것이 죄는 아니지 않은가
한쪽만 보고 살아 다른 한쪽을 외면한 것이
정말 죄는 아니지 않은가

저 살 속에 저며 있는 바다의 노래에 귀 기울이면
가시들의 일상이 다 무엇을 위한 것이었는지
마지막 헤엄은 눈물 속을 헤매는 법이고
이제 속속들이 칼날이 닿으면
한 접시의 순결한 고백만 남을 것

모든 속수무책의 생애에 대해
오직 천사 같은 몸부림에 대해

# 눈 깜짝할 새

비현실과 현실 사이에
눈 깜짝할 새가 있다

그 짧은 시간에 패륜이 일어나고
생명이 잉태된다
어느 누구는 번쩍 상상력을 발휘하고
누구는 홀연 달아날 궁리를 한다

현실에서 비현실로 넘어가는
오르가슴이란 얼마나 짧은가
혓바닥이 얼마나 빨리 비수가 되는가 말이다

눈에 보이지 않는 것이 눈에 보이기까지
만져지는 것이 만져지지 않기까지
많은 시간은 필요하지 않다
눈 한번 딱 감으면 그만이다

# 어쩔 수 없이

아무래도 나는 진지하다
마음의 진지를 허물지 못한다
연애는 언제나 무겁고
미래는 항상 심각하고
당신이 다가오지 못하게
농담에도 뼈가 있다
인생은 뜻밖에 높고 깊고
하릴없이 울창해
고스란히 어둡고 차가운 것
부디 재밌게 살아라 당부하신
어머니의 유언을 실천하지 못한다
견고한 진지에 적막처럼 갇혀
간단히 웃음을 닫는다

## 곧게 나아가는 것

곧게 나아가는 것들이 있다
아이가 그렇고 나무가 그렇고
미움이 그렇고 우리의 세월이 그렇고
시위를 떠난 화살처럼
망설이지 않는 것들이 그렇다

직진이란
타협의 여지조차 없는 것임을
불굴의 의지로 모든 후회를 버리는 것임을
여행자는 곧게 뻗은 길 위에서
도돌이표 없는 노래를 부른다

어디론가 사라져버린 옛날의 골목길
길모퉁이의 미련과 연민을 알지 못하고
곧게 나아가는 것들이
웅크리지 않는다 돌아보지 않는다
서성댈 줄 모르는 것들이 있다

# 빙산의 일각

무얼 말하지 못한다는 것인데
꽁꽁 얼어붙은 당신에게
엄청난 비밀이 있다는 것인데

일상의 거래는 불공평하고
아프리카에도 눈이 온다는 사실을 아는 이는
아무래도 많지 않더라
그게 인생이니까
그런 것이 상식으로 통하니까

그러니 무얼 말하고 싶어도
빙산은 일각으로만 그리움을 내보이는 것
차디찬 검은 바다 속에서
장엄한 상처가 내내 부풀어올랐는데

보이는 것과 보이지 않는 것의 이율배반
당신과 타인의 반비례

## 꿈에도 몰랐다

갑잖은 속셈으로 주식 시세표를 클릭할 줄
흐릿한 안경을 벗고 부동산 시세표를 들여다볼 줄
복권의 은밀한 비밀에 일생을 신탁할 줄
무명의 자존심을 버리고 비굴의 악수를 건넬 줄
그대의 삶보다 그대의 이력을 더 신뢰할 줄
당신 앞에서 고백 대신 왜곡을 선택할 줄
겨울의 자폐를 외면하며 봄날을 기다릴 줄
늘어지는 뱃살을 그다지 부끄러워하지 않게 될 줄
피로의 쾌감보다 숙면의 안정을 충고할 줄
간신히 분노를 참고 침묵과 미소를 내보일 줄
내가, 내가 그깟 잔소리를 늘어놓게 될 줄

어제는 하루 종일 눈이 내렸고
모든 것이 하얗게 묻혔고
나는 발자국을 돌아다보며
모르는 척
꿈에도 몰랐던 척

## 사소한 역사

시영아파트 외진 상가에
우리슈퍼가 문을 닫고 에버마트가 들어섰다
파리바게트가 개업한 자리에는 김상식제과가 있었고
비디오 가게가 폐업하자 미용실이 자리를 잡았다
그전에 그곳에는 행복치킨이 몇 달인가 문을 열었다
내가 본 것만 그 정도이니
상가의 이력은 못난 가장처럼 구구절절 사연이 많을 터
번번이 전단지를 돌리고 풍선을 매달고
한바탕 앰프를 울려대면서
그런 일이 다 일어나는 데 십 년이 걸리지 않았다

새 간판을 올리는
한 남자의 불그레한 낯빛

그 곁을 지나치다 인정이란 것이 모질지 못해
슬쩍 불안을 살핀다
말하나 마나 그와 닮은 사람들을 본 적이 있다

# 뒷날 알게 되는 것

내 또래 사내가 늙은 어미의 손을 잡고
석양 속을 걸어간다
서럽게 느린 두 개의 점
이승의 꼬투리가 툭 하고 내던진 까만 콩알들이
질긴 인연으로 서로를 만진다
내용물을 다 게워내고
빈 깡통처럼 발길에 채였을 것 같은 사내 곁에
악천후에 출렁거리다
온전한 접시 하나 남지 않게 깨지고 부서졌을 어미가
서로의 모습을 눈동자에 새긴다
성긴 심장을 포갠다

어처구니없게
그동안 말이 너무 많았다
그토록 소중히 여겨온 것들을 잃어버렸으나
달라진 것은 별로 없다
진작 잃어버렸어도 괜찮았을 것이다

## 납작한 너에게

너의 중년은 뭐든 납작하다
누구의 디딤돌은커녕
알아챌 만한 문턱도 되지 못한다
너의 아침이 타일 바닥처럼 납작하고
너의 악수가 차용증처럼 납작하고
너의 작별이 낙엽처럼 납작하고
그러니 바스락거리며 쉽게 부서져버리고

너의 신념은 헛된 맹세가 되어
빛바랜 종잇장처럼 납작한 지 오래
납작한 청구서에 파묻혀
더 납작한 비굴이 되어버린 지 아주 옛날

얼떨결에 너의 얼굴은 납작하여
눈도 귀도 입도 폐사지 같더니
겨우 콧구멍만 뚫려 숨통을 헐떡거리더니
추문이나 모락모락 피워 올리는 웃기는 사내
너의 납작했던 편지는 밤새 구겨져

너의 납작했던 이력서는 헤아릴 수 없이 찢어져
파지가 되어버린 과거

너의 미래까지 아마도 납작하니
바람의 길 따라 나부끼는 납작한 깃발
종이비행기를 접어 날리지 못할 납작한 유서
너의 여생이 엄숙한 법원 판결문처럼 납작하여
너무 쉽게 넘어가는 다음 페이지
그녀의 기억 속에서
너는 납작하게 지워져간다

# 빛나는 졸업식

이 꽃다발에는 향기만 가득한 것이 옳다
아비의 하루는 고요가 넘치지만
아직 단 한 줄의 참회록도 써보지 않았을 네가
무의미와 사소함의 까닭을 헤아릴 순 없으므로
금방 시들어버릴 꽃다발의 갈증보다
열여섯의 순수는 마냥 즐거운 것이 옳다
너의 입술과 닮은 아비의 입술은
비밀스러울 것 없는 충고를 늘어놓았으나
때가 되어야만 알게 되는 것이 오답의 미학

오래 머무르던 자리에서 밖으로 나가는 것이
문을 닫고 또 연다는 것이
얼마나 찬란한 기쁨인 줄 너는 깨달아라
꽃다발보다 싱싱한 졸업장을 옆구리에 끼고
영원히 두고 가야 할 시간을 차곡차곡 사진에 담으며
너는 한사코 행복이 가까운 줄 명심해야 한다
시소처럼 삐걱대다가도 네 무게로 균형을 맞추는 순간
무언가 가슴을 어루만지는 손길

우주에는 내일이 있고 내일은 어제가 있고

저기 먼 곳에서 새벽쯤 세상에 태어났을 진눈깨비들이
지금 막 땅바닥에 내려앉는다
머지않아 이 길은 하얗게 변해
너의 새로운 발자국을 환송한다

# 몸무게를 재며

체중계의 눈금이 나의 실존일 리 없다
공손한 빈말이 군살을 불리고
여러 풍문이 굳은살을 만들었다
몸속을 떠도는 피는 왜 유언비어 같은 것이냐
가문의 뼈대는 단지 허세가 아니겠느냔 말이다

세상에 무거운 것은 마음이어서
체중계의 눈금이 나의 진심일 리 없다
이까짓 고깃덩어리의 무게에 속아 넘어가지 않아야
교만과 애증이 어찌나 무거운 줄 안다
고단한 나잇살이 붙을수록
나는 오히려 가벼워진다

성장(成長)은 한 권의 책을 쓰는 것이 아니라
한 권의 책을 지워가는 것
다 지우고 마지막 말줄임표까지 다 지우고 백지가 되면
한 생애가 완성되므로
살과 피와 뼈를 발라내는 자의식이

인간의 문명
한낱 불쏘시개가 되어버린 몸뚱어리와 작별하던 날처럼
아무런 무게도 갖지 않는 신비

발가벗은 육신의 눈금에 덜컥 눈시울이 붉다
여기까지 오려고
상처는 흉터가 된 것이냐
기다림은 전부 흔적이 되어버린 것이냐
마음의 무게가 실은 그것이 아니겠느냔 말이다
여하튼 나는 점점 무거워진다

## 새벽

밤새 빗발이 사납더니 수북이 쌓인 낙엽들, 발에 밟혀 흙탕물 흘리는 지난날의 향기들, 결기 다 빠져 가늘어진 머리카락 쓸어올리며 강변을 거닐다, 간밤에 지나온 허물들 돌아보면 거기, 지붕 낮은 집들이 모여 서로를 다독이는 죄 없는 마을 보이고, 오랫동안 날개를 잊고 살아온 집오리들 날아오르는 시늉을 하는데, 지금껏 내가 본 것이 내가 볼 것은 아니므로 그곳은 아주 모르고 살았던 망명의 땅일지 몰라,

가슴에서 서걱거리는 우울의 사금파리, 어쩌다 쬐는 곁불까지 마다하며 다시 결벽을 실천 중인데, 시작과 끝이 분명하지 않은 노래처럼 시간을 흥얼거리다 너를 잃고, 너를 잃었으니 외롭게 짖는 물안개, 희붐한 강변에서 일찍이 억새는 흔들리고, 모든 흔들리는 것들의 뒷모습을 흘끔거리는데, 이미 유적이 되어버린 나의 거처는 저기 멀리, 단 한 번도 단호했던 적이 없으므로 다시 돌아가고 마는 어젯밤의 별빛들,

그리울 것 없이 건네, 어느새 부쩍 짧아진 햇살의 세례를 기다리는 포플러와 포플러를 지나 상수리와 은사시를 지나,

강물의 말씀이 경전처럼 펼쳐지며 키 작은 풀잎들이 제 몸을 일으켜 이슬방울을 털어낼 때, 호주머니에 마른 손을 넣고 내가 만든 발자국을 미행하는 나의 발자국, 지금은 사라져버린 완행열차의 기적이 들리고, 그보다 더 천천히 느리게 걸어 어디에도 다다르지 않는 마음의 병, 행복할 것 없이 아침을 예감하며, 건네,

## 고양이는 어려워

나는 고양이를 키울 그릇이 못 된다

캄캄한 생명
결핍이 유연함을 만들었겠지

관찰하는 눈동자의 가여움을 느껴본 적 있다
마르지 않는 샘 같은
메타포

고양이는 사람 손을 타도
본능을 잊는 법 없어
발톱을 감추고 속도를 숨기고
담장 위를 어슬렁거린다
상대의 숨통을 끊기 전에 장난을 칠 작정이다

햇살이 비추는 곳을 찾아
제 무게를 안고 풀쩍 뛰어오르는 권태
시간 앞에서 기지개를 켜는

오만은 존재의 이유

이름을 얻으려고 꼬리치지 않는다
짖지 않는다
충직한 파수꾼이 되느니
길 위의 잠을 청한다

깊은 밤을 가로지르는 냉기
밤새워 허공에 적는 한 편의 시

경계의 털이 곤두선 고양이의 등을
나의 질투는
너그럽게 쓰다듬지 못한다

# 봄날의 노인

청명한 봄날 막걸리 한 통
노인의 여생 앞에 놓여 있다
가만히 눈길 닿아보니 그깟
막대사탕 하나가 안주
막걸리 한 사발에 막대사탕 한 번 핥는 것으로
어떤 삶은 계속된다
쓴맛 신맛 짠맛 다 지났어도
혓바닥은 미각을 잃는 법이 없어
막대사탕이라도 한번 빨아야 하는 것이라고
노인은 말없이 말하는지
자존심과 이념과 사랑보다 버릴 수 없는 것이
살아가는 것의 입맛
설움을 들이켜고 나면 달콤한
막대사탕이라도 한번 빨아야 하는 것이
사람의 묘미라며
봄날이 고목 같은 노인 앞에 앉아
덩그러니 빈 잔을 채운다

## 그녀의 식사법

짜장면 한 그릇 시켜 먹는 법이 없다
양은 도시락 찬밥에
달랑 무김치 두어 개가 전부인 밥상을 차리고
그녀는 등을 보인 채 돌아선다
나이 육십이 넘었지만 부끄러운 새색시처럼
좌판 구석에 그대로 서서
고개조차 제대로 들지 못하고 숟가락을 움직인다
몇 번이나 얼음이 박혔다 빠진 손가락을 젓가락 삼았다가
전대 한 귀퉁이에 고춧가루를 스윽 닦아내면
구태여 냅킨이 준비되지 않아도 식사는 마무리된다

등을 돌리고 먹는 밥
등허리에 생활을 지고 먹는 밥
차갑게 식은 생계에 매운 살림을 얹어 먹는 짧은 식사

보리차로 입을 헹구고 나면
한 끼만큼 내세가 가까워진다

## 쓸모

길가에 버려진 사과 박스의 쓸모에 대해 생각한다
지문이 닳도록 흙 주물러 그릇을 빚어도
그 쓸모는 빈 공간에 있다고 배웠으나
속을 비우고 버려진 사과 박스의 쓸모는 무얼까
어떤 승부수 따위를 던질 만한 처지가 아닌 것이
한때 가득 담겼던 향기를 더는 의지라 말할 수 없는 것이

추석날 사과 박스를 건넨 피붙이는 서로 다른 삶을 살아가고
공손한 인사를 주고받은 이웃은 결국 증언이 다를 수밖에 없다
사과를 전부 덜어낸 사과 박스는 허무가 지독한 폐사지
기록으로 남지 않은 무명의 역사
사과 박스를 해체해 손수레에 싣는 노인을 바라보다
마음에 번지는 것은 생명의 기울어진 등허리

아무렇게나 버려지는 것의 마지막에 대해 흔들린다
길이 다 끝나지 않았는데 길모퉁이에 버려진
도무지 쓸모없는 울음을 듣는다

이제는 버려진 사과 박스의 쓸모에 대해 생각하는 것이
돌아오지 않을 사람을 다녀가게 하는 것 같아
잠깐의 적막 사이로 문득 비탈을 걷는 것 같아

# 구구절절

하루가 또 거짓말을 하려 한다
동쪽에서 빛이 떠오르자 모든 것들이
허풍을 떨며 하루 속으로 스며들기 시작한다
이런 풍경을 두고 일상이라 일컫는다지
어디선가 누가 누구를 가르치려 들고
누가 누구를 이해한다며 어디선가 귓속말을 건네고
벼랑에 앉은 텃새들 외로움만큼 지저귄다
구름은 제 무게로 허정거리다 길을 잘못 들어선다
차들이 경적을 울리며 덜컹거리고
나는 일터로 나가 전혀 다른 사람이 되기로 마음먹는다
불협화음이 아름다워서
이런 조화(調和)를 두고 세상이라 얘기한다지
한낮이 되면 거짓말은 무르익는다
빛깔이 환해도 단맛이 들지 않은 과일처럼
만날 기다리면서도 오래 온기를 간직하지 않는 의자처럼
나 아닌 것을 좀체 믿을 수 없다
마른하늘에선 갑자기 소나기 쏟아지고
내력을 떠벌이는 이들은 함께 모여 커피를 마시고

사제들은 자신을 위해 기도하는 일에 익숙하다
거짓말은 밤이 되어 다시 거짓말을 낳는 법
어둠의 숙명이란 것이
상처의 응달이란 것이
뒤란에서도 가만히 하루를 어루만지지 못한다
그 시각 달은 해를 감추며 먼 바다에 인장(印章)을 새기고
겉으로 속의 빈틈을 메우며
가장자리로 중심을 달래며
따지자면 이렇게 흐르는 것이 세월이란 말이다
하루의 거짓말이 슬그머니 애처롭단 것이다

## 입동 이후

그렇게 저물고 나면

겨울나무는 어깨가 좁아진 채

온몸으로 아름답다

한 방울의 수분까지 바싹 비워내

차가운 땅바닥을 뒹구는 마른 잎들은

변명을 모른다

풍요의 기억은 증발하고

어둠 속에서 허우적대던 뿌리는

놓아버린 것이 많아 순해졌다

계절이 자서전을 쓰지 않는 것처럼

비와 햇살이 웅변하지 않는 것처럼

겨울나무는 황량한 들판에

오로지 회고적으로 서 있다

식물의 완성은 열매가 아닌 것

빈 가지마다 푸른 잎사귀 대신 겸손을 매달아도

새들은 겨울나무의 품으로 파고들고

그렇게 어떤 위안이

잠시 쉬어가는 풍경을 그린다

# 제2부

# 혼자 있는 방

사내 나이 마흔이면 혼자 있는 방.

딕훼밀리를 들으며 한 고비, 신중현을 들으며 한 고비, 김광석과 김현식을 들으며 또 한 고비, 간혹 사랑의 묘약 중 남몰래 흘리는 눈물을 들으며 한 고비, 밤새 음악을 들으며 한 고비, 빗소리를 들으며 한 고비,

사내 나이 마흔이면 이마트에서도 2호선 지하철에서도 여의도 벚꽃놀이에서도 혼자 있는 방.

못 돌아오실 어머니를 그리며 한 고비, 아이들의 생로병사를 떠올리며 한 고비, 유행에 뒤떨어진 시를 쓰며 한 고비, 유행에 뒤떨어진 옷은 내다버릴까 하며 한 고비, 어둠에 머리카락을 적시며 한 고비,

이 고비 저 고비 넘고 나면 또 혼자 있는 방.

## 먼 것

멀다고 느꼈던 것이 모두 이웃이다. 이따금 멀리서 목례나 하는 데면데면한 사이지만, 아주 사소한 사연이 그들을 무척 가깝게 만들기도 한다.

이후 그들은 그저 이웃이 아닐 터. 차라리 혈육보다 가까운 운명일 터. 조롱과 찬양처럼, 지옥과 천국처럼, 행운과 불운처럼, 이승과 저승처럼, 아비와 아들처럼, 소금과 설탕처럼, 달빛과 햇살처럼.

봄과 가을은 점점 짧아지고, 여름과 겨울이 만난다는 예언이 있다. 먼 것이 어쨌거나 아주 가까운 것이다.

# 앨범

과거를 봅니다
사진 속 과거는 대개 즐겁습니다
그럼에도 기특하게
내가 나를 용서하지 않던 시절이 있었다니요

새삼스럽지만
지나간 것은 다 돌아오지 않습니다
사람도 치욕도 한 움큼의 영광도
내 몸의 터럭 한 올조차
두 번 다시 돌이킬 수 없는 일입니다

바람이 면벽하듯
꼼짝 못 하고 붙잡혀 있는 과거를 흘끔거리다
달력처럼 조용해지는 것
시계처럼 가벼워지는 것
우두커니
그것을 다만 소망인 양 상상합니다

# 사진에는 찍히지 않은 것

기억의 진실이거나 기억의 왜곡이거나
기억 속에서만 되새겨지는 것이 있으므로
기억은 사진보다 사실적이다
사진에 찍히지 않은 사진 밖의 이야기를
기억이 아니라면 무엇으로 증거하겠는가

영정 속의 어머니는 웃는다
놀이동산 벤치에 앉은 딸아이는 운다
하지만 사실 그날의 어머니는 독한 진통제를 삼켰고
그날의 딸아이는 군것질을 더 하고 싶었을 따름이다
사진에는 찍히지 않은 것을 기억은 틀림없이 기억한다

기억의 편견이거나 기억의 고집이거나
기억만이 사진 밖의 이야기를 들려줄 수 있으므로
기억은 사진보다 아프다
새삼 슬퍼서 아프고 돌아가지 못할 날들이라 아프고
기억이 자꾸 사진을 떠나지 못한다

# 고향 예찬

서울을 사랑하기로 했다
한때 침묵의 뼛속 같은
투정이라고는 부릴 데 없는 산골을 꿈꾸었으나
그곳에 나의 환멸이 있을 리 없다
옹졸과 허위의 거리에서 반짝이는
이 모든 유치찬란을 잊는 일은 간단치 않다
이제 어느 길모퉁이에서도 음악은 들리지 않고
다정한 속삭임은 귓가에서 멀어졌지만
서울은 여전히 불가능의 미래를 열망한다
아무리 어둠이 늙고 별빛이 야위어도
서울은 소멸을 염려하지 않고
나는 슬그머니 스무 살 적 횡단보도를 건넌다
쾌속의 문명과 실연의 운명을 가로질러
다시 서울을 사랑하다 보면
나의 혼돈은 심사숙고 중
어쨌거나 시내버스는 같은 길을 가고
하늘로 날아오르는 것은 비둘기들뿐이지만

# 이유

조개를 줍겠다고
마음이 전부 백사장을 걸었습니다
가도 가도 바다만 보였습니다
아이는 왜 멀리 가느냐고
왜 그렇게 멀어지느냐고 아우성이었습니다

그러니까
불안하다는 것이었는데
혼자는 멀어지는 걸음은
자칫 위험하다는 것이었는데

아내와 사별한 아버지는 별로고
갈수록 말이 많아지는 친구는 별로고
바람과 산 오늘은 바다
사람 아닌 것들이
사람일 수밖에 없는 나를 위로하기 때문인데
그걸 자랑이라고 막 지껄여댈 수는 없었습니다

## 순간의 묘미

일에는 절차가 있고
행복과 불행에는 순간이 있다
절차는
진학과 취업과 결혼과 출산과 부동산과 연금과
대기표와 다이어리와 진료 차트라든지
누구의 성실함이나 의지를 일컫지만
끈질긴 그 어떤 것이지만
순간의 벼락을 이겨내지는 못한다
당신을 처음 본 순간
당신이 어렵게 입을 떼던 바로 그 순간
뜨거운 여름날 낮잠을 깨웠던 전화 한 통
화장실에서 보았던 신문 부고란의 그 얼굴
아주 짧게 쿵 하고 닫혔던 얼음장 같은 철대문
순간은
일 년을 아니 십 년을 아니 전 생애를
폭군처럼 불사른다
번쩍 하는 순간 모든 절차는 잿더미로 변한다

## 미필적 고의

생각과 달리 나는 웃었다. 마음과 달리 옆사람의 발을 밟았다. 엉겁결에 떠나려는 버스를 붙잡았다. 다 그런 것이다.

잠깐 자존심을 잊고 멧돼지는 마을로 내려와 고구마밭을 파헤쳤다. 반가운 손님을 마중 나가려던 까치는 전깃줄을 망가뜨렸다. 일기예보는 또다시 예지력을 잃었다. 다 그런 것이다.

뜻밖에 나는 비밀을 엿들었다. 예기치 않게 험담을 늘어놓았다. 본의 아니게 너를 잊었다. 다 그런 것이다. 나는 고의로 무슨 일을 꾸밀 만한 위인이 되지 못한다.

## 순박한 말 한마디

저 살구 같은 불빛은 어둠의 상처라고

지난날 수만 번 맴돌았던
어둠, 상처,
닳아빠진 애인의 속삭임 같은 말

이제 나는 당당히
그 말을 엽서에 적네
무엇도 부끄러울 것 없는 파렴치가 되어
동문서답에 이골이 난 오해가 되어
순박한 말 한마디 가슴에 심네

저 붉은 멍 같은 불빛은 어둠의 눈물이라고

멍, 어둠, 눈물,
자꾸만 그런 말을 더해 당신에게 털어놓네
어쩌면 그날의 옛날 옛적처럼

## 투명이 보고 싶다

나이 들수록 눈이 밝아져 보이는 것이 너무 많다고 믿었다. 옛날에는 보이지 않던 것들이 돈처럼, 기름진 음식처럼, 그녀를 향한 욕망처럼 너무 잘 보인다고 믿어 의심치 않았다. 아무래도 너무 잘 보여 당신의 말이, 당신의 몸짓이, 당신의 눈물방울이 나를 속일 수는 없다고 허구한 날 자신만만했다.

눈이 밝아지는 것은 축복이라야 옳았다. 눈이 밝아져 어둠이 환하고 잘못 들어선 입구도 금세 출구를 찾을 줄 알았다. 나이 들수록 눈이 밝아지는 것은 신의 섭리라고 믿었다. 천만 가지 고난 끝에 엿보게 되는 인생의 비전(秘典)이라 믿어 의심치 않았다. 오히려 내 눈이 보지 못하게 된 것이 있음을 깨우치기 전까지.

내 눈은 나이 들수록 투명을 알아채지 못했다. 열다섯 살에 처음 보았던 투명한 천사, 스물두 살에 만났던 투명한 베누스, 서른한 살에 함께 술잔을 기울이기도 했던 투명한 뮤즈. 내 눈은, 보이는 것이 너무 많아졌다고 믿어온 내 눈은 투명을 보지 못해 캄캄한 맹인이 된 셈이었다. 스스로 눈앞이 캄캄해졌다.

나이 들수록 글자가 흐릿해지는 것은 천사를 잃었기 때문. 조금만 뜨거워도 눈이 충혈되는 것은 베누스의 순수를, 뮤즈의 가녀린 손가락을 잃었기 때문. 나이 들수록 눈이 밝아져 보이는 것이 많다고 믿었으나 실은 굳이 보지 않아도 될 것을 보게 되었다는 사실을 나는 아프게 깨닫는다. 마흔다섯 살의 글자는 또 다른 나의 투명.

다시 투명이 보고 싶다. 머잖아 돋보기를 끼고서라도 천사를, 베누스를, 뮤즈를, 그리고 글자를. 나이 들수록 눈이 밝아져 욕심처럼 선명하게 보이는 것은 의심하리라. 당신의 거짓이라, 당신의 교만이라, 당신의 포즈라 믿었던 것을 보지 않으리라. 나는 여전히 속을 수 있고, 나는 언제나 투명한 것이 보고 싶다.

# 처음

곰곰이 생각해보면
미끌거리는 당신
세숫비누 같은 시절이지

언뜻 향기로운
세련되지 못한 분홍빛 순정이
만날 거품만 일으키지

문지르고 또 문지르고
무릇 손에 잡히지 않으므로 타인
한순간 불쑥 달아나버릴 수 있지만

깨끗이 부끄러움을 잊은 마음으로
두 손 모아 기웃거리지
미끌거리는 당신

# 다음

다음은 결코 오지 않는다
다음의 지금은 또 다른 다음을 말하므로

사랑이거나
돈이거나
그 사람의 웃음이거나
다음은 절대로 오지 않는다

나고 죽는 일에 전후좌우를 헤아릴 수 없으므로
다음은 믿지 못할 것
딸아이의 입술이 내일이면 거짓을 알게 되는 것처럼
다음은 자명한 것

다음을 기다리다 보면
그 꽃은 정말 피어나지 못하는 다음

## 오월, 느티나무

소란스런 근심이다
저 신록이
무엇을 향한, 그리움이다

바람 불고
청춘의 한 시절
비에, 젖고

가난한 뿌리가 상념을 삼켜
존재를, 씹어
나이테를 만든다

어여쁜 새들이 지저귄들
사람들이 잠깐, 그늘을 찾든
그렇고 그런 것들 모여 숲을 이룬들

너의 본색(本色)을 누가 생각하는가
언제든 겨울 오면

누가, 너의 여윈 품을 찾을까

오월, 느티나무는 이파리가 많아
흔들려
자꾸만 굳은살이 박인다

# 뭣도 아니면서

오늘도 아내는 외출이다
오리무중의 현실을 어쩌지 못하고
세속의 인당수에 몸을 던진다
그늘진 시영아파트 한 칸에는
듣지도 보지도 못하는 옹졸함만 남아
어쩔 도리 없는 하늘의 흰 구름을 쫓는다
일찍 학교 간 아이들의 뒷모습을 복기하며
설움쯤 찬물에 말아 후루룩 마시며
오래된 절간마냥 종일 공염불을 왼다
뭣도 아니면서
매미들은 죽기 전에 악다구니를 하는데
몇 해 전 내가 펴낸 책에는
뭣도 아닌 이름 석 자가
아직도 헛기침을 하고
하루가 괜히 짧아진다

# 결국

어떻게 해도 소용없는 일이었다

'참는다' 라는 것은 사치스러운 말

'잊는다' 라는 것은 너와 나를 기만하는 말

비가 내리면 숲이 젖고

구름이 무거워지면 비가 내리고

그럴 수 없는 일을 생각하다보면 마음이 바싹 마르고

한번 돌아간 필름은 되감기지 않는다

지나가면 남이고 돌아보면 운명이다

## 눈 구경

고요를 나리며 눈이 온다
고요는 잠언 같아
사위 잠깐 숙연해지고
이십 세기의 온도를 잊지 못하는 사람들
이방(異邦)의 언어로 옛 사연을 중얼거린다

까슬한 턱을 괴고 밖을 내어다보면
나는 무엇이 먹먹한가

제목으로만 기억되는 책들
겨우 흐린 실루엣의 그날들
당신의 얼굴조차 희미해진 것은 세월의 어린 장난

시베리아를 지나온 매운 것이 서울의 뺨을 스쳐
지루한 방향(方向)이 잠깨고 나면
밖으로 나서는 걸음마다 다시
미련이 푹푹 빠지는 발자국을 만들겠지

고요가 나리는 것은

그나저나 살아가기 때문
누구는 불면의 서쪽에서 버릴 것을 생각하며
남녘의 비탈에서 누구는 밤낮 잔기침을 뱉어내며
이만큼 지워지지 않는 것으로 발이 묶이기 때문
두 번 다시 하늘에 닿지 못하는 눈송이들
살아가는 주검의 허밍들

고요를 껴안으며 눈이 쌓인다
고요는 할 말도 더는 없는지 밑바닥처럼 얌전하다
만년설이 될 수 없다지만
사람들은 흔적으로 추억한다
먼 골목길에도 풍문(風聞) 같은 눈꽃들이 피어나겠지

나는 어떻게 없을 것인가
하얀 광장에서 이렇게 눈멀고 나면

# 식은 죽

뜨거운 것의 슬픔은 식는다는 것
납작 퍼질러 앉아
어차피 식은 죽이 되어버렸으나
울지 않는다
울지 않는다

따지고 보면 한 줌의 쌀과 한 줌의 채소
실수처럼 박혀 있는 고깃살 몇 점이
뜨거웠던 생명의 온도
그걸 휘 저어가며
하얗게 부풀어올랐으나
한때는 후후 입바람을 불어가며
저 깊은 곳에 있을까 미지의 맛을 음미하기도 했으나

썰렁한 사발 속
다 허물어지고 주저앉아
식어버린 끼니
시시껄렁한 불평을 닫아버린 허기는

숟가락을 내려놓지 않은 채

울지 않는다

울지 않는다

# 공중의 식사

우아한 식사를 본다

삼시 세끼 날이면 날마다 밥 먹는 게 일인데
살기 위해 먹든 먹기 위해 살든
먹고사는 일이 일상을 정의하는데
틸란시아*의 식사는 적막처럼 숭고하다
달고 기름진 영양분을 찾아 흙속을 헤집느라
뿌리를 더럽히지 않고
이리저리 뒤엉키느라 악쓰지 않고
목이 마르다며 허겁지겁 물을 들이켜지도 않는다

사는 게 별건가 그러고 보면
살짝 몸 기댈 수만 있으면 더 바랄 것 없어
만찬보다 황홀한 청빈의 식사
공기를 삼켜 목마름과 배고픔을 채우는
천국도 지옥도 아닌
모름지기 씻어야 할 죄가 있는 연옥의 생명

먹고사는 일에 수선스럽지 않은

괜히 곰팡이 슬고 먼지 날리지 않는

공중의 식사

삼시 세끼 밥 먹는 일이 묵묵히 유구하다

* 틸란시아 : 땅에 뿌리를 내리지 않고 잎을 통해 영양분을 섭취하는 식물.

## 위리안치

바람에 갇혀 사는 것만큼 크나큰 슬픔은 없다
울타리를 만든 흔들리는 가시들
식구처럼 일렁이는 파도
보통명사로 펄럭이는 희망

그래도 살아 있는 것은 살아가야 하는 것
빈 우물이 될 때까지
텅 빈 어깨가 될 때까지

해가 오래 묵었다고 달이 되는 법은 없으나
빛이 사라지고 나면
달리 밝아지는 것이 있어
행여나 바다새 되어 훌훌 날아오른다

바깥은 뭘까

죄 중의 죄는 자신에게 짓는 것이어서
자책은 뭉클하고

가혹한 벌은 누구에게도 알려지지 않아
혓바닥이 발등을 핥는 짐승의 위안으로
날마다 목숨이 저무는데

아무려나
바람은 쌩쌩 불어라
몸은 두고 마음이 날아오를 테니
여기는 갇혀도 먼 곳은 절대 갇히지 않는다

바깥은 뭘까
바깥은 어디

# 이게 뭐라고

믿기 어렵겠지만, 삼십 년째 해마다 꺼내 입는 추리닝이 있습니다. 식구 말고 누가 볼 일도 없으니 집 안에서 맘 편히 몸 편히 하루에도 몇 번씩 입었다 벗었다 하는 추리닝이 있습니다. 아랫도리는 진작 밖으로 내쳐지고 윗도리만 남아 골동품 흉내를 내는 낡은 옷. 형이하학과 형이상학의 비유는 떠올리지 마시기 바랍니다. 왠지 벗어두고 보면 내용 없는 허물같이 적적한 옷. 소매가 후줄근하게 늘어나 유쾌한 긴장감이라고는 찾아볼 수 없고, 옷깃에는 기억의 묵은 때가 번질거리는 옷. 모쪼록 그렇고 그런 회한과 사라져버린 격정 따위는 떠올리지 마시기 바랍니다. 그저 좋은 날 다 지나가버린 빛바랜 추리닝을 버리지 못할 따름입니다. 그래요, 그렇습니다, 서른 번의 겨울이 지나는 동안 나의 체온을 샅샅이 목격한 추리닝이 있습니다. 미끈하게 트레이닝복 운운하기는 머쓱한 옷. 상표는 일찌감치 폐업해 시장바닥 짝퉁으로나 연명하는 옷. 분명 버리지 못하는 것이 나의 습성은 아닌데, 꿈도 버리고 인정도 버리고 어머니까지 하얗게 태워버리고도 꿋꿋이 잘 살아가는데, 어쩌다 아까울 것 없는 옷 하나를 내다 버리지 못하는지요. 삼십 년째 그깟 문턱을 못 넘어 이럴 수도 없고 저럴 수도 없다며 망설이기만 하는지요. 어쨌든 한 생이 주저앉는 데 이런 옷 두 장이면 충분하겠구나 생각하며, 또다시 올 겨울이 마지막이라고 작심하지만, 글쎄요.

# 눈과 귀와 입과 코

1.

눈이 열리자 저물녘이다
아이들은 무럭무럭 자라고 있다
길가의 풀꽃들이 보이기 시작한 것이
꼭 쓸쓸한 변화는 아니다
여태도 볼 수 없으면
앞으로도 보지 못하는 것이 있다

머잖아 무릎이 덜컹거리는 저녁
그 저녁에는 사람의 말을 귀담아들어
서로 다른 문법을 꾸짖지 않아야 한다
따뜻한 국물을 함께 들이켜며
아름다운 문장을 우물거릴 것이다
네가 속삭이고 나는 귀를 연다

단호히 원한다면 밤길을
더듬거리며 찾아가려는 낯선 대지를
폐광처럼 막아버려 대답을 덮을 수 있다

백 살까지 산 다음 스스로 식음을 전폐했다는
눈부시게 아픈 전설
입을 닫고 질문만 남기는 놀라운 마무리를 생각한다

그간 숱한 냄새들에 일생을 유혹당하며
무능한 아버지의 자리를 은근슬쩍 지켜냈는데
비쩍 말라빠진 개처럼 킁킁거리며
안달복달 저물녘의 공터를 배회하는데
코가 열려 그늘의 비린내를 맡는다
어둑하고 흐릿한 것이 안식일 수 있다

2.

눈과 귀와 입과 코
이렇게 사사로운 곡절들

# 다시, 자유를 떠올리다

나의 서랍 속에서
어느 날엔 꽃을 만들고
만년필을 만들고 악보를 만들고 열쇠를 만들고
심지어 따뜻한 엉덩이를 만드는
자유는 빨리 서랍을 열어달라고 소리쳤으나
나는 자유를 그리워할 뿐
발길 돌리면 다시는 올 수 없는 초대장을 손에 쥔 사람처럼
어느덧 서랍을 열지 못했는데

많은 날들이 지나고
친구들은 오래된 비망록에서 하나씩 이름을 지워가며
오늘도 낡은 가방을 메고 이른 출근길을 재촉하는
더는 젊지 않은 가장의 아름다운 어깨를 가졌으나
나는 왜 아직 미혹을 버리지 못하는지
그날 스스로 서랍을 닫던 날
자유는 캄캄한 뒤주에 역사처럼 가둬버린 것인데

새삼 자유를 운운하는 세월의 환청

어서 서랍을 열어주세요
당신이 넣어두었던 수평선을 꺼내 헛것을 좇는 갈매기들에게 돌려주고
그날 속삭임이 되지 못한 침묵을 꺼내
식물들을 자라게 하는 물이 되어 아무렇게나 흘러가게 하세요
자유란 그런 것
조금은 부족할 만큼 돈을 버는 것
더는 사랑할 사람과 만나지 않는 것
그냥 무심하게 인사를 주고받는 것
아주 드물게 가슴 설렐 일이 일어나는 것
아무 일도 일어나지 않는 것
당신의 서랍에 갇혀 있는 자유는
부자유만큼 맘대로 되지 않는 것

태어나서 아직 한 번도 가보지 못한 그곳처럼

그리워하는 것이

자유라면

낭만주의는 썩어 문드러졌고

민주주의는 더 이상 열망이 아니건만

그럼에도 먼지까지 숨죽인 서랍 속에서

선불리 잘못 손대면 영영 내 것이 되지 않을

자유가 다시 불안한 손짓을 한다면

이제는 힘주어 나의 서랍을 열 수 있을까

차마 구속과 작별하지 못하며

안간힘을 다해 망설이며

다시, 자유를 떠올리다

# 동물의 왕국

사냥을 그만둔 늙은 수사자가 있다
용맹의 갈기가 낡은 머플러같이 너풀거린다
이제 필요한 것은 한 평 남짓한 햇살뿐
놈은 배고픔을 참기 위해
여간해선 허기를 느끼지 않는 최면을 건다
놈은 더 이상 싸우지 않고
젊은 사자들이 살코기와 내장을 다 발라 먹은 뒤
피비린내만 남은 뼈다귀를 핥아 굶주림을 달랜다
경멸하던 하이에나처럼
하이에나의 비굴처럼
어쩌면 한껏 배를 채우고 떠나버린 젊은 사자들이
늙은 수사자의 자식인지 모른다
별 수작도 안 했는데
우연히 눈이 마주쳤던 암사자는 슬금슬금 놈을 피했다
젊은 수사자의 꽁무니를 쫓아 냅다 초원을 내달렸다
오래 지나지 않아 햇살마저 스르르 잦아들고
사냥을 할 수 없는 수사자는 외롭다
왕이라서 고독하지 않고 다만 늙어서 외롭다

# 제3부

# 동창회

삶을 분식(粉飾)하는 계절이다
나는 몸살을 앓고
너는 또 하나의 영광을 매달았다
이것을 꽃이라고 하는가
이것을 과연 축복이라고 하는가
무엇도 먼 길 돌아오면
한 줌 그늘이 뒷모습에 남는 것을
나는 열병을 앓으며 깨달았다
어쩌면 너와 다른 계절을 갈망했다
쓸쓸하고 또 쓸쓸해도
함께 머물렀던 빈 가지가 있다

# 옛날에 대하여

내가 바라보는 별은
별이 아니었다
사랑이 사랑이 아니었으므로
이해가 이해가 아니었으므로
실은 그곳이 캄캄한 하늘뿐이었다

아주 오랜만에 옛 친구를 만났고
잠시 반가웠고
하루는 다시 금세 저물었다

# 심금

사랑한다고
쉽게 말하지 못했다
한여름에 나무들이 헐벗는
이상한 일이 자주 일어났고
무작정 그리웠는데
끝내 할 말을 하지 못한 채
무릎에 묻은 흙을 털었다

그 후로 아주 오래
나는 연주되지 않는 악기처럼
먼지 앉고 녹이 슨 마음처럼
그냥 망각처럼
가만히
한 음(音)을 지워냈다

# 악수

고양이 같은 만남이었다
우리는 정숙하게 서로의 얼굴을 할퀸 뒤
어둠 속으로 사뿐히 등을 돌렸다

빈손에 남은
잘 알지 못하는 다른 손의 미열
온전히 슬픔일 수 있는 것

# 속셈

날마다 쌀을 안치고 빨래를 개는 아내에게

한결같은 것은 미덕이라고

착한 것도 재능이라고

나는 말한다

가룟 유다처럼

## 새파란 청춘

파란 하늘은 우울하다
파란 바다는 우울하다
블루에는 우울이란 속성이 있으니
새파란 청춘도 쉽지 않을 것
파란 심장이 우울하다
파란 연애가 우울하다
파란 이력이 우울하다

지구의 칠 할은 파란 바다이므로
뜬구름이 걷히면 온통 파란 하늘이므로
한 마리 새가 바다와 하늘 속을 날며
청춘을 관통하며
운다
노래하지 않고 운다

## 위로의 말씀

까르르 웃는 저 아이들이

종합병원 건너편 어여쁜 공원에

손에 손을 잡고 소풍 나온

종다리 새끼 같은 아이들이

피는 꽃과 지는 꽃 사이의

찬란한 한때에 무심한 아이들이

영영 뒤는 돌아볼 것 같지 않은

적막에 물들 것 같지 않은 아이들이

햇살보다 반짝이는 소란이라는 것이

## 코스모스

너의 몸을 점자처럼 읽는다
가여워서
가여워서
네가 일평생 다 못 할 말을
뜨거운 손가락으로 어루만진다
흔들리는 바람이
흔들리는 내 몸을 위문하듯
가을이 왔으니
겨울이 머지않았으므로
나는 아무 저항도 할 수 없을 것 같은
너의 캄캄한 몸을
점자가 새겨진 백지처럼 읽는다
어떤 꽃이 피면
그만큼 서늘해지는 마음이 있다

# 가만히, 가만히

태양의 부스럼 같은 지구
지구의 헛간 처마 밑에서
먼지처럼 살아가는 중
슬픔에는 창을 내지 않는 법
기쁨에는 이웃이 없는 법
아무런 기척이나 푸념 없이
햇살에 반짝이는 먼지처럼
시간만 삼켜 사뭇 단단하게 굳어가는 중
천억 개의 별과 은하를 상상할 줄 알지만
지구의 자전과 공전을 이해하지 못하므로
일일이 기쁨과 슬픔을 헤아리지 않는 중
후 불면 날아갈 것 같은 체념만
그깟 먼지처럼 가벼이 궁리하는 중

# 세월이 가면

가파른 내리막길을 걸으며 발목이 당긴다
하산길의 미련이란 것이 그렇다
돌아보면 아무것도 없는데
산정(山頂)은 이미 멀어졌는데
발목이 울먹인다
훌쩍 작별하지 못한다

# 캐스터네츠

그럴 수는 없지
그럴 수도 있지
그 사이에 우리가 있다

어느 별인가?
같은 선율로 그려내는 하루의 악보에
짝짝 짝짝짝! 짝짝짝 짝짝!
너의 응원과 증오
나의 조롱과 신념
그럴 수도 있지
그럴 수는 없지
그 사이에 우리가 있다

음악이 멈추면 허방으로 쏟아지는
낙엽 같은 음표들
그럴 수는 없을까?
그럴 수도 있을까?

# 천국요양원

둑길에 쪼그려 앉아 흐린 손금만 매만지는 해넘이

하루는 외면하며
또 하루는 미워하며

어느 검은 새가 무리를 놓쳐
헛구름만 쪼아대고
돌아가는 길에는 번번이 얼음이 밟혀
옛날은 다시 지금이고

# 점심

찬밥은 지난날만큼 단단히 굳었고

라면은 하나도 남지 않았다

냉장고의 음식도 세월의 무게는 견디지 못하고

밖으로 나가는 길이 쉽지 않은 삶이 있다

시골 농협조합장 선거에 나선 사촌형은

출마의 변을 써달라며 거의 십 년 만에 전화했는데

청탁받은 원고를 보낸 잡지사는 감감무소식이다

나이 마흔 넘어 다시 읽은 「15소년 표류기」

그걸 아이처럼 리라이팅한 원고료는 입금됐을까?

마음 한가운데 점을 찍는다

이깟 허기쯤

참고 견디면 바알간 저녁이 올 것이다

아직은 믿는다

# 반성

내가 나를 기억한다.

달리 무엇을 할 수 있을까?

# 나는 왜

한국인이 좋아하는 올드 팝을 들으면
이를테면 비 오는 날 호세 펠리치아노의 〈레인〉에 홀리다
울컥하는
아득해지는
나도 한국인인데
같은 한국인인 당신을 증오하는 슬픔은 어떻게 설명할 것인지

한국인이 좋아하는 밥을 먹고 한국인이 좋아하는 늦잠을 자고 한국인이 좋아하는 사교를 하고 한국인이 좋아하는 돈을 벌고 한국인이 좋아하는 봄바람이 불어도
나는 당신의 동족이 되지 못하는 것을
한국인이 좋아하는 드라마를 보면 나는 한 움큼의 화해를 마저 이해하지 못하는 것을
한국인이 좋아하는 어떤 이데올로기를 간직하지 못하는 것을

# 회자정리

이미 여러 차례 그가 전화를 했으나
나는 응하지 않았다
그날들에 대해 히죽거리고 싶지 않았으므로
오늘에 대해 울고 싶지 않았으므로

그로부터 삼 년째 그는 전화조차 하지 않았다
비로소 우리는 서로를 기억하는 남남이 되었다

## 요번 생은 글렀다

사월이 아직 반 넘게 남았는데
마흔 살쯤 제법 굵은 벚나무는
일찌감치 꽃잎들을 죄 떨어뜨렸다

무슨 일로 밤새 흔들렸던 나뭇가지들의
눈물방울

따뜻한 바람이 불고
유쾌한 꽃들이 수다를 떨어대는데
저 혼자 여기 아닌 곳을 바라보는 생(生)

# 눈앞이 하얗다

이것은 눈부신 폭력
모든 아름다움의 끝은
초대장 없는 부고(訃告)
마지막을 상상하게 만드는
이것은 치명적 타락

봄이라서 꽃은 피었지
뿌리를 희롱하는 며칠의 축제
기억이 흐드러진 당신
기다란 나무 의자에 하나둘 내려앉는 꽃잎들이
당신의 과거

누가 뭐래도, 삶은 견디는 것이라서
누가 뭐래도 삶은, 견디는 것이라서

꽃그늘 아래 깊은 숨을 들이켜는 순간
한꺼번에 쏟아지기도 하는 찰나

## 일말의 생

제 몫의

어리석음을

실현하는 것

굳이 새벽 산을 기어 내려와 땡볕에 말라 죽은

지렁이들처럼

# 결심

밤이 되어서야 집으로 돌아오는 발길이 있다
밤이 되자 집 밖으로 나서는 발길이 있다

막바지에 다다르면 방향은 문제가 되지 않는다

밖에서 안으로 들어오든 안에서 밖으로 나가든
그리웠다고 고마웠다고
그러했으나 사람이 식물일 수는 없다고

늦은 밤 대문을 여닫는 소리 들린다
우르르 번쩍 천둥 벼락 내려칠지 몰라도

처음부터 끝까지 한 가지만 생각할 수는 없다

# 제4부

## 적의를 감추는 기술

웃는다
패랭이꽃처럼 몸을 낮추고
평화주의자의 온기를 띤다
무장을 해제하시라
굳이 비수를 꺼내들 일이 무엇

슬기로운 사람은 무표정해도
자유자재로 미소를 다룰 줄 안다는 것
사뿐히 눙치고 어르는
표리부동의 기술
언제든 그림자를 품고 있는 빛

얼핏 봄바람 부니
대지가 녹기 전에 새싹이 움트는 것도
영 불가능한 일은 아니어서
내가 웃으면
그대가 먼저 와락 안길지

# 생각은

생각은 가여운 것
어디든 가면서 꼼짝하지 않고
묶여 있는 채 마음껏 탈출하는
생각은 가여운 것
바라보기만 하면서 뜨거워지고
누구 몰래 미움을 간직하는
생각은 가여운 것
혼돈 따위를 가식 따위를 몰락 따위를
툭하면 운운하는
생각은 가여운 것
빈방에 가득 꾸물거리는
무념무상의 거짓말
웃으며 당신의 목을 조르고
이별하며 다른 사랑과 이별을 꿈꾸는
생각은 가여운 것
보고 들으면서 기억하지 않고
좇아가면서 어딘지 관심조차 없는
생각은 가여운 것

생각으로만 그쳐야 하는 생각은

가여워서 때로 생각조차 하기 싫은 것

쥐도 새도 모르게

아무에게도 들키지 않는 것

한없이 와글거리는

나의 모든 가여운 것

## 뭘까?

여간해선 점심 약속이 끊이지 않는
골방에서 혼자 술 마시는 법을 모르는
당신은 사교적인 니힐리스트
그래, 당신은 숫기 없는 영업사원보다
매우 긍정적인 하루
간밤에는 관념을 들먹이며 다투기도 했지만
주먹이 깨져 서럽게 울기도 했지만
당신은 결코 혼자 남는 법이 없고
당신의 친구들은 하나같이
허풍과 자애의 스타일리스트

당신의 슬픔은 마법
당신의 굴종은 자유
부디 허공에 눈길은 주지 말아요
외로움을 팔아 관심을 구걸하지 말아요
당신은 사교적인 페시미스트
아닌 게 아니라, 당신은 농담 같은 시인

## 고립을 자초하다

그는 무슨 협회나 단체의 회원이 되지 않았다
어떤 동호회나 계모임의 일원도 거부했다
꼭 부끄러움이 많아서 그런 것은 아닌데
누구의 기념회나 경조사에 나가
반갑다 안됐다 축하한다 지저귀느라
밤거리를 헤매 다니지 않았다
누구의 생일 따위는 마치 자기 일처럼 안중에도 없었다
어느 선생은 그런 것을 품앗이라 했는데
좀 더 솔직히 정치요 사회요 일종의 문화라 했는데
그러고 보니 훗날
아이들의 썰렁한 결혼식과 육친의 텅 빈 장례식에서
폭죽을 터뜨리거나 졸음을 참아내는 인정은
그의 호사가 아닐 것이다
일찍이 이렇다 할 정파와 종파에도 속한 법이 없으므로
홀로 취하고 홀로 기도했으니
넓은 바다에 무인도처럼 발이 묶여 홀로 떠다닐 것이다
갈매기 떼가 날갯짓을 해도 손짓은 아닐 것이다

## 가만 보면

한 뿌리에서 나온 것이 틀림없는 가지들이
저마다 자기 방향으로 길을 가는
그 가지들에서 나온 무성한 이파리들이
어느 하나도 같은 방식으로 물을 끌어올리지 않는 것을
절대 단 한 가지 방식으로 햇살에 몸을 섞지 않는 것을
언뜻 우르르 일제히 바람에 휩쓸리는 듯 보여도
오로지 자신의 슬픔대로 기쁨대로 제각각 흔들리는 것을

가만 보면
나는 너를 안다고 생각했는데
너 역시 나를 속속들이 들여다본다고 여겼을 텐데
우리는 한 뿌리에서 나온 아슬아슬한 인연일 뿐
가지가 다르고
이파리는 더욱 다른 이파리고

그러니 우리는 이제 나무로 불리지 말자
가문비든 노간주든 자작이든 은백양이든 아까시든
어느 아름다운 이름이 나와 너의 같은 이름일 순 없어

한 방향의 가지로도 길을 나서지 말자
다만 낱낱의 이파리로
나는 나의 광합성으로 너는 너의 물관과 체관으로
나는 너를 모르고 너는 나를 모르고

가만 보면
얼마나 다채로운 이야기가 우리의 그늘을 만드는 것인지

## 말복

햇볕은 근래 힘이 부치는 일이 많다
하루 종일 쏟아부어도 여름은 완성되지 않는다
엄지손가락만한 매미들 죽어라 울어대고
어린 속살 같은 채소들 누렇게 죄 타들어가도
여름은 마치 어떤 최후를 모의하는지
원리주의를 숭배하는 전사처럼
구렁이 앞에서 제 새끼를 지켜내려는 한 줌 어미새처럼
햇볕은 생과 사의 길목에서 날카롭게 위태롭다

하기야 여름은 대충 용서를 모른다
하루 열여덟 시간씩 대지를 달궈도
여름은 햇볕의 수고에 좀처럼 박수를 보내지 않는다
이따금 마음 여린 사람들의 걱정으로 소나기 쏟아졌으나
어느 때는 사나흘 쉬지 않고 비가 내렸으나
여름은 이내 모든 생명을 바싹 메마르게 한다
뜬눈으로 밤새우며 불면의 열기를 목청껏 노래하기도 한다
햇볕이 태양의 비밀을 모조리 속삭여도

여름은 어쩌면 눈 감고 귀 닫아 돌아눕는 법이 없다

모든 완전주의자는 폐허를 꿈꾸는가
여름은 말로 설명할 수 없는 운명을 굳이 털어놓으려는지
햇볕이 다 쏟아져 빙하처럼 차가운 것만 남겨질 때까지
여름이 저물도록 사람들은 끝내 살아갈 것인가
그래도 살아내고야 말 것인가

## 어깨를 논하다

어깨의 효용은
누군가의 지친 몸을 기대게 하는 것이다
어깨가 허물어지면 아버지가 되고
어깨를 잘못 쓰면 주먹잡이가 되는 것이
어깨의 숙명이지만
어깨를 활짝 펴라고
어깨를 꼿꼿이 세워 당당히 걸으라고 배웠지만
어깨는 어깨동무를 위한 것이다
누군가의 슬픔에
어깨로 지지대를 세워주는 것이다
어깨가 움츠러들면
다른 어깨에 맞대어 기운을 얻고 싶은 것이
어깨의 바라는 것
어깨의 쓸모는
시린 마음을 잘 아는 어깨는
누군가에게 내어줄 때 참으로 기특한 것이다

## 시장, 시끌벅적한 고요

— 공간 응시자 1

그는 소리치지만 아무런 말도 나오지 않는다
좌판에 펼쳐놓은 푸성귀들이 시들어가고
생선 비린내의 부패에 파리 떼가 날아든다
시장의 언어는 낯선 외국어
그가 가진 것들은 아무짝에 쓸모없어
굳은 혓바닥으로 호객을 하지도
붉어지는 낯빛으로 흥정을 하지도 못한다
빠르게 날이 저물도록
그는 고요 속에 지워지지 않을 문신만 새긴다

듣지 못하므로
그의 감미로운 침묵을
이해하지 못하므로
그의 입술이 머금은 어여쁜 음률을

여기 시끌벅적한 저잣거리에
무심한 소문이 지난다

## 술집, 독고다이

— 공간 응시자 2

서로 도우며 사는 것이 인생이란 것을
나는 알지 못한다
기쁠 때나 슬플 때나 술 한잔 추렴하는 것이
삶의 풍요라는 충고를
짧은 거짓일망정 위안이란 현실을
나는 믿고 싶지 않은 것이다

다시 겨울이 오고
창밖에는 삼복의 열기가 들끓거나 말거나
또다시 나의 날카로운 겨울이 오고
차가운 술잔에 담기는 것은 폐허
가끔 웃으며 미래를 들먹이기도 하지만
서로 이해할 수 있는 것은 무엇도 없으니

나는 술잔을 내려놓고
차라리 깊고 깊은 잠에 빠져든다
그 꿈속에서 말똥가리가 퍼덕퍼덕 날갯짓을 하고
자유는 노동의 품삯임을

밥과 안락이 지리멸렬의 대가임을
그 슬픔을 깨닫지 않을 수 없는 것이다

하여 우리는 두 번 다시 건배를 외치지 말자
빈 술잔에 아무도 술을 따르지 말고
저마다 어둠으로 사라진 뒤
홀로 술잔 앞에 앉아야 한다
그제야 내가 나에게 안부를 건네며
삭풍 몰아치는 시절을 견딘다

# 도서관, 청춘을 읽다
— 공간 응시자 3

함부로 사랑을 운운했다
생각이나 마음을 잘 알지 못해도
멋대로 떠벌일 수 있는 것이 사랑이므로

적잖은 시간이 흐른 뒤
비로소 숨겨진 상처와 열망을 펼쳐든다
영영 되돌릴 수 없는 남남이 되고 나서야
조용히 너를 읽는다

활자들이 꽃무릇마냥 피어나고
책장 넘어가는 소리 사각사각 톱밥처럼 날리고
완고한 의자에 기대어
네가 놓아두고 간 고백을 읽는 시간

마지막 페이지를 다 읽고 나서도
주위는 여태 적막이다
이토록 한결같은 정물(靜物)에
사랑이

상처와 열망이 꼼짝없이 생생하다

무거운 가방을 메고 발길을 돌리는
지난날의 너에게
책갈피 속 지나온 길을 더듬으며
미안하다는 말 한마디 입 안을 맴돈다

# 식당, 따뜻한 식욕
— 공간 응시자 4

낡은 식탁 구석에 앉아 끼니를 때우는데
나비 한 마리 날아와 하늘거린다
호접몽을 이야기하려는 것인지
그저 별 탈 없이 끼니를 잇는 내가 갸륵해서인지
나비 한 마리 콩자반과 어묵조림과
된장찌개 사이를 유람하며 살랑거린다
손을 내저어 나비를 쫓으려다
뭐 묻은 파리도 아닌데 어떻겠나 싶어
나는 못 본 척 살그머니 수저를 움직인다

곰곰 따져보면 밥상이 꽃밭 아닌가
누구의 정성이 노란 프리지어로 피어나고
찬 없이 차린 외로운 밥상에도
패랭이꽃만큼은 괜찮았던 시절이 있지 않았느냔 말이다
꿀을 찾다 길을 잃은 나비의 허기에 대해 생각하며
된장찌개에 쓱쓱 밥을 비벼 배를 채우는데
여태껏 식당을 떠나지 못하는 나비는
어쩌면 나의 식욕을 유심히 관람하는 것이다

한 그릇의 끼니로 다시 걸음을 내딛으려는
나의 생명을 한없이 응원하는 것이다

잠시 길을 잘못 들어섰어도
나비와 나의 식욕은
둘이 함께
아름다운 꽃밭을 거니는 것 아닌가

# 집, 누옥

— 공간 응시자 5

사물이 오래되면 생물이 되는지
언뜻 맥박이 뛰고
체온이 느껴진다는 것인데
등기부등본에 따르면
이 집에는 여태 여섯 식구의 주인이 살았고
이십육 년의 시간이 흘렀다
그사이 해는 얼마나 많은 어둠을 비추고
어둠은 또 얼마나 해를 기다렸을까
저마다 주인이 다른 낡은 가구들의 노래는
누구를 위해 잠잠히 울려 퍼졌을까
가만히 바닥에 등을 대고 누워
집이 들려주는 축축한 침묵의 사연을 듣다 보면
이제 무릎이 좋지 않고 눈이 침침하다며
속삭이듯 얘기하는 회한을 엿듣다 보면
나는 마치 이 집이 오랜 벗인 듯
마음이 평화로워지는데
같은 잠자리를 나누며 밤새워
무슨 하소연이라도 나누고 싶은 것인데

빛바랜 먼지들이 귀 기울이는

고요한 하루

누추한 것들의 질문과 대답

# 학교, 가르쳐주지 않는 것
— 공간 응시자 6

1교시 천둥, 2교시 폭우, 3교시 안개,
4교시 폭설, 점심시간에는 벼락의 축제
다시 5교시 가뭄, 6교시와 7교시에는 혹한과 염천
아이들은 학교 밖의 학교를 까맣게 모른다

10월에는 소풍이 계획되어 있지만
여행지는 낙원이 아니라는 것을
시험 뒤에 또 시험에 들게 하는 것이 있고
담장 너머로 날아간 축구공은
영원히 돌아오지 못할 수도 있다는 것을

교과서를 펼치면
세상의 비밀이 다 드러나는 듯해도
교과서대로 살아갈 수는 없다는 것이 선생님의 속마음
정답이라서 눈물겨운 것이 있고
빨간 빗금이 이따금 영광의 흉터인 것을

내일은 1교시부터 7교시까지

## 자습

아무도 가르쳐주지 않는
누구도 가르쳐줄 수 없는
당신의 부조리, 노인들의 관절염, 매미들의 비명,
하늘의 부끄럼, 협곡의 메아리, 밤의 한숨,
쓰디쓴 물맛, 퍼내도 퍼내도 줄지 않는 미움,
세상의 모든 아우성

아이들은 학교 밖의 학교를 까맣게 모른다
어느 추운 겨울날 황량한 운동장에 서서
졸업장을 받아드는 아이들
마지막 어깨동무를 하고 사진을 찍는데
담장 너머 미지의 공부가 있다

# 중환자실, 당신의 마지막 거처
— 공간 응시자 7

새벽 두 시의 창 밖에 누런 비가 내리고
또 하나의 잔해가 이곳을 빠져나간다
하얀 천을 머리까지 뒤집어쓴
침묵의 투항
타인의 약속과 간섭은 탄식으로 바뀌고
모두 무거운데 저 혼자 가볍다
훨훨 허공이 될 일만 남았을까

이 복도 끝에는 신생아실이 있고
화살표를 따라가다 보면
잠들지 못하는 시계가 충혈된 눈을 깜빡거리는데
기다림도 작별도 어쩔 도리가 없는데

이곳에 가득했던 통증을
모르는 척 잊을 수는 없으므로
당신의 마지막 거처
우리의 플랫폼에 첨벙거리는 눈물

## 지하철, 질주하는

— 공간 응시자 8

풍경은 지워졌다
곁눈질은 소용없는 일탈
더는 후회도 하지 말아야 한다

아직 살아 있는 것들에게
속력은 필연
가끔 우연 같은 낭만이 손을 내밀지만
달리는 동안
둘러보거나 돌아보지도 않고 내달리는 시간에
지금 지하에 갇힌 모든 설운 것들

속력의 불안은 멈추는 것이므로
어둠의 거웃을 헤치며
굉음을 울려 닿는 곳은
머물 수 없는 종점
막차와 첫차가 꼬리를 무는 하루

## 거리, 너를 만나다

— 공간 응시자 9

발뒤꿈치를 들고 걸으며
마음의 병이 깊어 끝내 닿지 못하는
완연한 오늘
실오라기 하나 건드릴까
날숨조차 삼키며 걷다 보면
이 거리 어디에 네가 있어
오래전 너의 어린 얼굴이 미소 짓네

너는 분주한 거리에서 책을 덮고
어떤 예지를 빛냈지
밤은 젖고
붉은 눈으로 새벽을 맞던 종지기
교회 종소리가 성탄절처럼 따뜻하고
이웃의 다툼이 캐럴인 양 울려 퍼지는
내일의 기적을 바라지 않는 것은
너의 선물

다음 길모퉁이를 돌아

낯익은 것 없는 늙은 풍경들이 펼쳐지면
너는 성스러운 그림자일 뿐
감미로움을 잃고
해피엔딩을 거절당하고
한 움큼 재로 사그라지겠지만

한 시절 네가 있어 편지를 쓰고
너로 인해 그리움을 벌컥 들이켜고
등대는 불을 밝혔으니
오늘의 거리에서 또 너를 만나
잡히지 않는 손을 잡아보려는 것은
기어코 미련하기 그지없는 마음
붐비는 거리
거룩한 황무지에서
옛날이 웃으며 혀를 차네

# 영화관, 어둠 속에서
— 공간 응시자 10

어둠 속이었다

누군가 나를 짐짓 특별할 것 없는 자리로 안내했다

이미 예정된 수순이었던 셈이다

나의 자리는 이따금 엉덩이를 움찔거릴 자유만 허락되었다

때는 바야흐로 일천구백육십칠년

밖에서는 제이차경제개발오개년계획이 한창이었다

마땅히 돈보다 사람이 우선이었으나

사람만큼 하찮은 것도 없었다

사사로워야 아름다운 죽음이

논쟁거리로 떠오르는 시절이었다

어둠 속으로 추적추적 비가 내리고

관제 뉴스가 끝나고

마침내 필름이 돌아가기 시작했다

한 시간 사십 분의 일생 동안

거짓말 같은 진실이

진실 같은 거짓말이 파노라마처럼 펼쳐졌다

비는 그치지 않았고

나는 내가 연기한 어떤 장면을 지켜봐야 했다

마침 어둠 속에는 같은 영화를 함께 보는 사람들이 있었는데
그들도 자신이 연기한 장면에서 고개를 돌리지 못했는데
나는 그들 가운데 낯익은 처자식의 모습과
친구들의 뒤통수와 멀리 희미해진 부모 형제의 기척을 알아챘다
문득 슬픔이 밀려왔고
빛줄기를 따라 부유하는 먼지들이 하나같이 허무했다
관객들의 감정 따위는 아랑곳없이
영화는 어느덧 클라이맥스로 치달았다
그렇게 한 시간쯤 시간이 흐른 사이
밖에서는 이천년대 하고도 십여 년이 훌쩍 지나버렸다
여전히 사람만큼 귀한 것이 없었으나
사람만큼 어처구니없는 것도 없었고
예측불허의 기후에 살아 있는 모든 것들이 두려움을 만끽했다
나는 어둠 속에 나를 앉혀놓은 누군가를 궁금해했지만
불가지의 영역은 우주만큼 넓었다
우주에는 대략 천억 개의 은하가 있고

각각의 은하에는 저마다 천억 개의 별이 존재한다던가
머지않아 한 시간 사십 분짜리 영화에 엔딩크레딧이 떠오르면
눈부시게 밝은 빛이 열리고
한 무리의 사람들이 우르르 어둠 속을 빠져나갈 것이 틀림없다

## 교회, 흔들리는 이파리
— 공간 응시자 11

바람이 분다
바람이 불어 흔들린다
십자가는 흔들리지 않는데
흔들리지 않는다고 시치미를 떼는데

제법 둥치가 굵은 나무 한 그루
몸부림치며 묻는다
세상에 은유가 어디 있느냐고
나의 갈증을 하물며 아시기는 하겠느냐고

나무는 무거운 이파리들
이리저리 바람에 부딪혀 푸른 피멍이 드는데
쏴아쏴아 한숨을 쏟는데
십자가 아래로 주일의 태양이 저물더니

그러거나 말거나
평화로운 기도 소리 흔들리지 않는다
흔들리지 않는데
자꾸 바람이 분다

# 버스, 막차를 타고
— 공간 응시자 12

아무 길 위에나 함박눈처럼 내리던 음악이
전파사에서도 리어카에서도 사라져
저마다 자기 귀에만 담기는 밤

세월만큼 수척해져가는 시내버스 안에
내 몸을 지탱해줄 손잡이는 보이지 않는다
짜도 안 되고 싱거워도 안 되는 하루가 저물었으나
내 손을 꼭 잡아
너의 빈 호주머니에 넣어주던 날들은 지나갔다

심장에 지느러미를 달고 헤엄치는 우울
등허리에 날개를 달고 떠다니는 망상
언제나 한 걸음 모자란 그곳이 나의 집이므로
늦은 귀갓길에 불빛이 없다

■ 작품 해설

# 공간의 응시자

맹문재

## 1.

조항록 시인은 '공간 응시자' 란 부제를 단 연작시에서 보여주듯이 공간을 응시하고 있다. 자신이 체험한 시장이며 도서관, 식당, 집, 학교, 중환자실, 지하철, 술집, 거리, 영화관, 교회, 버스 등의 공간을 응시하며 존재의 의의를 탐색하고 있는 것이다. 공간의 일반적인 의미와 자신의 삶의 실제를 대조 혹은 비교하며 그 차이나 가치를 고민하는 것인데, 이와 같은 면에서 시인이 지칭한 '공간 응시자' 란 곧 '장소 응시자' 로 볼 수 있다. 시인에게 공간이란 시간과 함께 이 세계를 성립시키는 토대이기도 하면서 존재의 터전이기도 한 것이다.

공간과 장소는 엄격히 정의하면 구분되는 개념이다. "경험적으로 공간의 의미는 종종 장소의 의미와 융합된다. 공간은 장소보다 추상적이다. 무차별적인 공간에서 출발하여 우리가 공간을 더 잘 알게 되고 공간에 가치를 부여하게 됨에 따라 공간은 장소가 된다."[1] 다시 말해 "우리가 어떻게 공간을 느끼고, 알고 또 설명하더라도, 거기에는 항상 장소감이나 장소 개념이 관련되어 있다. 일반적으로 공간이 장소에 맥락을 주는 것처럼 보이지만, 공간은 그 의미를 특정한 장소로부터 얻는"[2] 것이다. 공간은 범위가 다양하지만 실제로는 형태가 없어 손으로 만져볼 수 없고 묘사할 수도 없다. 장소와 밀접하게 연관되어야만 성립되는 것이다. 따라서 조항록 시인이 응시하고 있는 공간은 장소로 구체화된다. 사람들의 삶이 구체적으로 영위되고 있는 장소인 것이다.

그런데 시인이 응시하는 공간은 대체로 쓸쓸하고 힘이 없다. 막걸리 한 사발에 막대사탕 한 번 핥는 것을 안주로 삼는 노인이며, 시장 좌판에서 고개조차 제대로 들지 못하고 숟가락을 움직이며 끼니를 때우는 할머니, 사과 박스를 해체해 손수레에 싣는 노인, 시든 푸성귀를 좌판에 펼쳐놓은 채 팔지 못하는 상인, 영정 사진 속에서 웃고 있지만 독한 진통제를 삼키던 어머니……. 어렵고 힘들게 살아가는 사람들을 바라보고 있는 것이다.

---

1 이-푸 투안, 『공간과 시간』, 구동회 · 심승희 역, 대윤, 2011, 19~20쪽.

2 에드워드 렐프, 『장소와 장소 상실』, 김덕현 · 김현주 · 심승희 역, 논형, 2014, 39쪽.

또한 시인은 학교를 학생들에게 공부를 가르치고 삶의 방식을 체험하는 곳이라기보다는 세상의 부조리와 관절염과 비명과 부끄러움과 한숨과 아우성 등을 가르치지 않는 곳으로, 영화관을 사람이 돈보다 하찮게 대우받는 거짓말 같은 세상을 보여주는 곳으로, 교회를 평화로운 기도 소리가 들리지 않는 곳으로, 요양원을 당사자나 보호자나 외면하는 곳으로 인식한다. 뿐만 아니라 봄날의 느티나무를 소란스런 근심을 듣는 존재로, 도마 위에 놓인 광어를 안간힘을 쓰지만 속수무책인 대상으로, 코스모스를 아무 저항도 할 수 없는 캄캄한 몸으로, 파란 하늘과 바다를 노랫소리 들리지 않는 우울한 공간으로 인식한다. 결국 시인은 자신의 쓸쓸하고 힘들고 아픈 체험을 장소에 투사하고 있는 것이다.

## 2.

아무 길 위에나 함박눈처럼 내리던 음악이
전파사에서도 리어카에서도 사라져
저마다 자기 귀에만 담기는 밤

세월만큼 수척해져가는 시내버스 안에
내 몸을 지탱해줄 손잡이는 보이지 않는다
짜도 안 되고 싱거워도 안 되는 하루가 저물었으나
내 손을 꼭 잡아
너의 빈 호주머니에 넣어주던 날들은 지나갔다

심장에 지느러미를 달고 헤엄치는 우울
등허리에 날개를 달고 떠다니는 망상
언제나 한 걸음 모자란 그곳이 나의 집이므로
늦은 귀갓길에 불빛이 없다

―「버스, 막차를 타고-공간 응시자 12」 전문

양식을 구하러 일터로 나가는 사람의 발걸음은 다른 사람들과 경쟁해야만 하기 때문에 긴장감을 갖고 속도를 내지만 하루의 일을 끝내고 귀가하는 사람의 발걸음은 여유가 있다. 하루 종일 양식을 구하느라 힘을 다 써 기운이 없기는 하지만 휴식을 취할 수 있는 집으로 돌아가기 때문이다. 양식의 사냥을 성공했든 하지 못했든 한숨을 돌릴 수 있을 뿐만 아니라 새로운 힘을 비축할 수 있는 것이다. 또한 응원해주는 식구들이 있기에 마음이 놓이는 것이다.

그런데 위의 작품의 화자는 "짜도 안 되고 싱거워도 안 되는 하루가 저물었"는데도 "내 손을 꼭 잡아"줄 존재가 없다고 토로한다. "세월만큼 수척해져가는 시내버스 안에/내 몸을 지탱해줄 손잡이는 보이지 않는다"는 것이다. 그리하여 "언제나 한 걸음 모자란 그곳이 나의 집이므로/늦은 귀갓길에 불빛이 없다"고 다소 절망하고 있다. 화자가 이와 같은 마음을 왜 갖고 있는지는 알 수 없지만, "지탱해줄 손잡이"가 없다는 토로에서 보듯이 삶의 형편이 어려운 것은 사실이다.

그와 같은 면은 "찬밥은 지난날만큼 단단히 굳었고/라면은 하나도 남지 않았다/냉장고의 음식도 세월의 무게는 견디지 못하고/밖으로 나가는 길이 쉽지 않은 삶"을 영위하고 있는 데서 볼 수 있다. 그리하여 "나이 마흔 넘어 다시 읽은 「15소년 표류기」/그걸 아이처럼 리라이팅한 원고료"(「점심」)가 입금되기를 기다리고 있는 것이다.

그렇지만 이와 같은 상황을 화자의 능력이 부족하다거나 성실하지 않은 결과라고 말할 수는 없다. 오히려 화자의 책임으로 돌리기보다는 그를 둘러싸고 있는 환경을 살펴봐야 할 것이다. "심장에 지느러미를 달고 헤엄치는 우울"이나 "등허리에 날개를 달고 떠다니는 망상"이 생기게 된 원인을 사회적인 차원으로 고려할 필요가 있는 것이다.

> 풍경은 지워졌다
> 곁눈질은 소용없는 일탈
> 더는 후회도 하지 말아야 한다
>
> 아직 살아 있는 것들에게
> 속력은 필연
> 가끔 우연 같은 낭만이 손을 내밀지만
> 달리는 동안
> 둘러보거나 돌아보지도 않고 내달리는 시간에
> 지금 지하에 갇힌 모든 설운 것들
>
> 속력의 불안은 멈추는 것이므로
> 어둠의 거웃을 헤치며
> 굉음을 울려 닿는 곳은

머물 수 없는 종점
막차와 첫차가 꼬리를 무는 하루

—「지하철, 질주하는–공간 응시자 8」 전문

자본주의 체제에서 개인이 삶을 영위하기 위해서는 "아직 살아 있는 것들에게/속력은 필연"이라거나 "속력의 불안은 멈추는 것"이라는 진단에서 볼 수 있듯이 속력이 필요하다. 그리하여 작품의 화자는 "풍경"이 "지워"지고 "곁눈질은 소용없는 일탈/더는 후회도 하지 말아야 한다"는 각오로 달린다.

그렇지만 화자는 자본주의가 요구하는 속력을 충족시킬 수 없다. 자기 탐욕을 최대한 달성하기 위해 속도를 높이는 자본주의를 따를 수 없는 것이다. 그리하여 화자는 자본주의 체제로부터도 자기 자신으로부터도 소외당할 수밖에 없다. "가끔 우연 같은 낭만이 손을 내밀지만/달리는 동안/둘러보거나 돌아보지도 않고 내달리는 시간에/지금 지하에 갇힌 모든 설운 것들"이 될 수밖에 없는 것이다. 이렇듯 화자는 "머물 수 없는 종점/막차와 첫차가 꼬리를 무는 하루"가 지속되는 상황에 놓여 있다.

증기기관이 발명되지 않았다면 그리고 뒤이은 공업화 과정과 수송 관련 기술의 개발이 없었다면 자본가들은 사업 구축을 위한 기반을 마련하지 못했을 것이다. 자본가는 생산성을 창출하는 것을 소유하지 못하면 안 된다. 증기기관이 개발되기 이전에는 토지, 동물, 어떤 의미에서 주민 등이고 지배층이 그것을 소유하는 봉건주의라는 시스템이었다. 그렇지만 증기기관이 생겨 나면서 산업 자본가가 소유하는 것이 가능해졌다. 증기기관에 장치를 추가하고 노동자를 고용하고 공장을 경영하는 것이 가능해진 것이다.[3]

따라서 자본주의 체제의 요구를 거절할 수 없는 개인은 속력을 줄이지 못한다. 자본주의가 기대하는 정도를 충족시킬 수 없다는 것을 알고 있으면서도 달려야만 넘어지지 않기 때문이다. 자본주의는 이와 같은 개인의 속력에 의해 중단 없는 생산성의 증대를 가져왔다. 그 결과 개인의 이익이 늘어난 것도 사실이다. 그렇지만 사회주의 체제가 무너지고 노동조합이 쇠퇴하고 개인주의가 팽배해짐에 따라 생산성의 증대와 이익의 상승이 서로 비례하지 않는 현실이 도래했다. 이제 개인은 임금의 상승을 위해서가 아니라 냉혹하고 불안정한 노동 시장으로부터 밀려나지 않기 위해 자본주의가 요구하는 속력을 내고 있는 것이다.

이것은 눈부신 폭력
모든 아름다움의 끝은
초대장 없는 부고(訃告)
마지막을 상상하게 만드는
이것은 치명적 타락

봄이라서 꽃은 피었지

---

3 레스터 C. 써로우, 『경제 탐험』, 강승호 역, 이진출판사, 1999, 44쪽.

뿌리를 희롱하는 며칠의 축제
기억이 흐드러진 당신
기다란 나무 의자에 하나둘 내려앉는 꽃잎들이
당신의 과거

누가 뭐래도, 삶은 견디는 것이라서
누가 뭐래도 삶은, 견디는 것이라서

꽃그늘 아래 깊은 숨을 들이켜는 순간
한꺼번에 쏟아지기도 하는 찰나

―「눈앞이 하얗다」 전문

위의 작품의 화자는 화창한 봄날의 꽃을 바라보면서 "이것은 눈부신 폭력"이라고 여긴다. 활짝 핀 꽃을 아름답고 향기롭고 기쁨을 주는 존재가 아니라 그 반대적으로 인식하는 것이다. 그리하여 "봄이라서 꽃은 피었지"만 "뿌리를 희롱하는 며칠의 축제"에 불과하다고 폄하한다. 나아가 화사한 꽃을 바라보면서 "모든 아름다움의 끝은/초대장 없는 부고(訃告)"라거나 "마지막을 상상하게 만드는/이것은 치명적 타락"이라고 비극적으로 표현한다. 화자의 이와 같은 세계 인식은 "기다란 나무 의자에 하나둘 내려앉는 꽃잎들이/당신의 과거"라고 해석한 데서도 볼 수 있다.

그렇지만 작품의 화자는 "누가 뭐래도, 삶은 견디는 것이라서/누가 뭐래도 삶은, 견디는 것이라서"라고 토로한 데서 볼 수 있듯이 삶을 포기하지 않는다. 그 이유는 삶을 함부로 포기할 수는 없다고 생각하기 때문이다. 그리하여 화자는 "꽃그늘 아래 깊은 숨을 들이"켠다. 그렇게 하자 꽃들이 "한꺼번에 쏟아지기도" 한다. 화자가 꽃들에 대한 태도를 바꾸자 꽃들 역시 다른 모습으로 함께하는 것이다. 생에 대한 적극적인 자세는 다음의 작품에서도 볼 수 있다.

> 새벽 두 시의 창 밖에 누런 비가 내리고
> 또 하나의 잔해가 이곳을 빠져나간다
> 하얀 천을 머리까지 뒤집어쓴
> 침묵의 투항
> 타인의 약속과 간섭은 탄식으로 바뀌고
> 모두 무거운데 저 혼자 가볍다
> 훨훨 허공이 될 일만 남았을까
>
> 이 복도 끝에는 신생아실이 있고
> 화살표를 따라가다 보면
> 잠들지 못하는 시계가 충혈된 눈을 깜빡거리는데
> 기다림도 작별도 어쩔 도리가 없는데
>
> 이곳에 가득했던 통증을
> 모르는 척 잊을 수는 없으므로
> 당신의 마지막 거처
> 우리의 플랫폼에 첨벙거리는 눈물
>
> —「중환자실, 당신의 마지막 거처 – 공간 응시자 7」 전문

이 세상의 길을 걸어가던 한 사람이 "창 밖에 누런 비가 내리"

는 "새벽 두 시"에 "하나의 잔해가" 되어 "이곳을 빠져나"가는 상황은 결코 예외적인 것이 아니다. 그렇지만 예상할 수 없이 맞는 순간이어서 살아 있는 사람들은 슬퍼할 수밖에 없다. "이곳에 가득했던 통증을/모르는 척 잊을 수는 없으므로/당신의 마지막 거처"에 모여 "플랫폼에 첨벙거리는 눈물"을 흘리는 것이다. 그러면서도 "하얀 천을 머리까지 뒤집어쓴/침묵의 투항"을 보여주는 망자의 모습 앞에 남은 사람들은 "모두 무거"울 수밖에 없다. 목숨이 붙어 있기에 무거운 발로 자신의 길을 내딛어야 하는 것이다.

이와 같은 차원에서 망자가 이 세상을 떠난 "중환자실"의 "복도 끝에" "신생아실"을 등장시킨 것은 주목된다. 망자가 떠난 공간을 채우는 인간이 있음을 보여주는 것이다. 이제 "신생아"는 자신의 길을 중단할 수 없다. "화살표를 따라가다 보면/잠들지 못하는 시계가 충혈된 눈을 깜빡거리는" 것과 같이 나아가야 한다. 이 세계의 존재들과 경쟁도 하겠지만 협력하고 사랑하면서 걸어가야 하는 것이다.

## 3.

사물이 오래되면 생물이 되는지
언뜻 맥박이 뛰고
체온이 느껴진다는 것인데
등기부등본에 따르면

이 집에는 여태 여섯 식구의 주인이 살았고
이십육 년의 시간이 흘렀다
그사이 해는 얼마나 많은 어둠을 비추고
어둠은 또 얼마나 해를 기다렸을까
저마다 주인이 다른 낡은 가구들의 노래는
누구를 위해 잠잠히 울려 퍼졌을까
가만히 바닥에 등을 대고 누워
집이 들려주는 축축한 침묵의 사연을 듣다 보면
이제 무릎이 좋지 않고 눈이 침침하다며
속삭이듯 얘기하는 회한을 엿듣다 보면
나는 마치 이 집이 오랜 벗인 듯
마음이 평화로워지는데
같은 잠자리를 나누며 밤새워
무슨 하소연이라도 나누고 싶은 것인데
빛바랜 먼지들이 귀 기울이는
고요한 하루
누추한 것들의 질문과 대답

—「집, 누옥-공간 응시자 5」 전문

위의 작품의 화자는 좁고 너저분하고 누추한 "누옥"에 누워 있으면서도 비교적 평온한 마음을 갖고 있다. 화자는 "등기부등본에 따르면/이 집에는 여태 여섯 식구의 주인이 살았고/이십육 년의 시간이 흘렀다"고 밝힌다. 그 오랜 동안 집은 주인과 동고동락을 해온 것이다. 화자가 "그사이 해는 얼마나 많은 어둠을 비추고/어둠은 또 얼마나 해를 기다렸을까"라고 유추하는 데서 그 사실을 볼 수 있다. "저마다 주인이 다른 낡은 가구들의 노래는/누구를 위해 잠잠히 울려 퍼졌을까"라고 유추하는 데서도 마찬가지이다.

그리하여 화자는 집을 단순히 건축물이라고 생각하지 않고 자신과 함께하는 대상으로 여긴다. 화자가 "사물이 오래되면 생물이 되는지/언뜻 맥박이 뛰고/체온이 느껴진다"고 토로하는 것이 그 모습이다. 화자는 "가만히 바닥에 등을 대고 누워/집이 들려주는 축축한 침묵의 사연을 듣다 보면" "마치 이 집이 오랜 벗인 듯/마음이 평화로워"진다고 느낀다. "이제 무릎이 좋지 않고 눈이 침침하다며/속삭이듯 얘기하는 회한"도 "엿듣"는다. "같은 잠자리를 나누며 밤새워/무슨 하소연이라도 나누"려고 하는 것이다.

낡은 식탁 구석에 앉아 끼니를 때우는데
나비 한 마리 날아와 하늘거린다
호접몽을 이야기하려는 것인지
그저 별 탈 없이 끼니를 잇는 내가 갸륵해서인지
나비 한 마리 콩자반과 어묵조림과
된장찌개 사이를 유람하며 살랑거린다
손을 내저어 나비를 쫓으려다
뭐 묻은 파리도 아닌데 어떻겠나 싶어
나는 못 본 척 살그머니 수저를 움직인다

곰곰 따져보면 밥상이 꽃밭 아닌가
누구의 정성이 노란 프리지어로 피어나고

찬 없이 차린 외로운 밥상에도
패랭이꽃만큼은 괜찮았던 시절이 있지 않았느냔 말이다
꿀을 찾다 길을 잃은 나비의 허기에 대해 생각하며
된장찌개에 쓱쓱 밥을 비벼 배를 채우는데
여태껏 식당을 떠나지 못하는 나비는
어쩌면 나의 식욕을 유심히 관람하는 것이다
한 그릇의 끼니로 다시 걸음을 내딛으려는
나의 생명을 한없이 응원하는 것이다

잠시 길을 잘못 들어섰어도
나비와 나의 식욕은
둘이 함께
아름다운 꽃밭을 거니는 것 아닌가

―「식당, 따뜻한 식욕―공간 응시자 4」 전문

위의 작품의 화자는 "낡은 식탁 구석에 앉아 끼니를 때우"다가 "나비 한 마리 날아와 하늘거"리는 것을 발견한다. 화자는 날아온 그 "나비 한 마리 콩자반과 어묵조림과/된장찌개 사이를 유람하며 살랑거"리는 모습을 응시하면서 "호접몽을 이야기하려는 것인지" 아니면 "그저 별 탈 없이 끼니를 잇는 내가 갸륵해서인지"라고 생각해본다. 그리하여 "손을 내저어 나비를 쫓으려다/뭐 묻은 파리도 아닌데 어떻겠나 싶어/못 본 척 살그머니 수저를 움직인다".

화자는 수저질을 하면서 "꿀을 찾다 길을 잃은 나비의 허기에 대해 생각"한다. 그리고 "된장찌개에 쓱쓱 밥을 비벼 배를 채우”면서 “여태껏 식당을 떠나지 못하는 나비는/어쩌면 나의 식욕을 유심히 관람하는 것이”라고 생각한다. 또한 “한 그릇의 끼니로 다시 걸음을 내딛으려는/나의 생명을 한없이 응원하는 것이”라고 여긴다. 결국 “잠시 길을 잘못 들어섰어도/나비와 나의 식욕은/둘이 함께/아름다운 꽃밭을 거니는 것”으로 인식하는 것이다. 화자가 자신과 나비를 식욕을 가진 존재로 보는 것은 결국 생명력을 유지하려는 욕망체임을 내세우는 것이다.

화자는 절대로 자신의 생명력을 포기하지 않는다. 그러면서도 자기의 이익만을 추구하지 않고 다른 존재와 함께하려고 한다. 화자가 “나비와 나의 식욕은/둘이 함께”라고 밝히고 있는 것이 그 모습이다. 이와 같은 면은 자본주의 체제가 자기의 이익을 챙기기 위해 구성원들에게 끊임없이 경쟁을 강요하는 상황에 비추어보면 주목된다. 화자는 함께하는 존재들과 협동 내지 연대하려고 한다. 이와 같은 화자에 의해 “식당”이라는 장소 혹은 공간은 새롭게 창조된다. 객관적인 공간이 아니라 화자의 의도와 상상에 의해 실체가 가득 채워진 장소가 된다. 인간의 삶이 이루어지는 구체적인 생활 공간이자 실존의 장소, 즉 인간다운 가치가 창조되는 장소가 된 것이다.

조항록 시인의 이와 같은 태도에서 자본주의 체제에 대한 태도를 읽을 수 있다. 시인이 인식하고 있는 것처럼 자본주의는 결코 붕괴되지 않을 것이다. 영원히 지속되는 것은 아무것도 없는 것이 변할 수 없는 진리이지만, 자본주의 체제의 붕괴에 대한 전망은 너무나 먼 미래이다. 20세기의 한 축을 지탱해온 사회주의 체제가 무너지면서 자본주의 체제를 대체할 만한 대안이 없는 것이다. 오히려 남아 있는 사회주의 국가들이 자본주의의 시장 원리를 적극적으로 도입하고 있는 것이 현실이다.

이렇듯 자본주의 체제가 전 지구를 지배하고 있는 상황에서 개인이 자본주의를 거부하는 행동은 삶을 포기하는 것과 같다고 볼 수 있다. 그렇지만 자본주의 체제에 절대적으로 복종하거나 순응해야 된다는 것은 아니다. 그렇게 해서도 안 된다. 조항록 시인은 이와 같은 점을 작품들을 통해 제기하고 있는 것이다.

자본주의는 불평등한 결과를 긍정한다. 경제적 적자는 부적격자를 절멸시킬 것이고 보다 경쟁력 있는 기업과 개인은 경쟁력이 떨어지는 기업과 개인을 도산, 실업으로 몰고 가는 것이 당연시된다. 자본주의에서는 경제적 이익을 상속하여 현세대에서 다음 세대로 축적할 수 있다. 따라서 경제 경쟁의 출발이 모든 사람에게 공평하지는 않다. 그리고 더욱 불평등이 확대될 가능성조차 있다. 강자는 더욱 강해지고 부자는 더욱 부유해지게 된다. 생각대로라면 자본주의에서는 권력과 소득의 불평등이 점차 확대될 것이다.[4]

그리하여 조항록 시인은 불평등이 확대되는 자본주의 체제에 맞서고 있다. 자본주의라는 공간을 힘없고 아픈 사람들을 향한 응시로 구체화시키고 있는 것이다. 시인은 자본주의 체제가 불

---

4 레스터 C. 써로우, 위의 책, 49쪽.

평등을 방치하거나 용인하는 현실 앞에서 절망한다. 모든 것이 경제적 이익의 기준으로 작동되어 부가 부를 낳고 빈곤이 빈곤을 낳는 상황을 수용할 수 없어 분노한다. 그렇다고 자신을 그 좌절감에 함몰시킬 수 없음을 시인은 잘 알고 있다. 그리하여 자본주의 체제에 대한 실망과 분노와 슬픔 등을 감상적으로 토로하지 않고 최대한 객관화시키고 있다. 자신의 힘이 미약하다는 것을 알고 있지만 결코 물러서지 않는 것이다. 시인의 이와 같은 자세에 대해 시대인들의 응원과 동참이 필요하다. 분배의 문제를 해결하지 못하고 있는 자본주의는 민주주의도 사회 정의도 위협할 수 있는 것이다.

孟文在 | 문학평론가 · 안양대 교수

## 푸른사상 시선

1 **광장으로 가는 길** | 이은봉 · 맹문재 엮음
2 **오두막 황제** | 조재훈
3 **첫눈 아침** | 이은봉
4 **어쩌다가 도둑이 되었나요** | 이봉형
5 **귀뚜라미 생포 작전** | 정원도
6 **파랑도에 빠지다** | 심인숙
7 **지붕의 등뼈** | 박승민
8 **살찐 슬픔으로 돌아다니다** | 송유미
9 **나를 두고 왔다** | 신승우
10 **거룩한 그물** | 조항록
11 **어둠의 얼굴** | 김석환
12 **영화처럼** | 최희철
13 **나는 너를 닮고** | 이선형
14 **철새의 일인칭** | 서상규
15 **죽은 물푸레나무에 대한 기억** | 권진희
16 **봄에 덧나다** | 조혜영
17 **무인 등대에서 휘파람** | 심창만
18 **물결무늬 손뼈 화석** | 이종섶
19 **맨드라미 꽃눈** | 김화정
20 **그때 나는 학교에 있었다** | 박영희
21 **달함지** | 이종수
22 **수선집 근처** | 전다형
23 **족보** | 이한걸
24 **부평 4공단 여공** | 정세훈
25 **음표들의 집** | 최기순
26 **나는 지금 운전 중** | 윤석산
27 **카페, 가난한 비** | 박석준
28 **아내의 수사법** | 권혁소
29 **그리움에는 바퀴가 달려 있다** | 김광렬
30 **올랜도 간다** | 한혜영
31 **오래된 숯가마** | 홍성운
32 **엄마, 엄마들** | 성향숙
33 **기룬 어린 양들** | 맹문재
34 **반국 노래자랑** | 정춘근
35 **여우비 간다** | 정진경
36 **목련 미용실** | 이순주
37 **세상을 박음질하다** | 정연홍
38 **나는 지금 외출 중** | 문영규
39 **안녕, 딜레마** | 정운희
40 **미안하다** | 육봉수
41 **엄마의 연애** | 유희주
42 **외포리의 갈매기** | 강 민
43 **기차 아래 사랑법** | 박관서
44 **괜찮아** | 최은묵
45 **우리집에 왜 왔니?** | 박미라
46 **달팽이 뿔** | 김준태
47 **세온도를 그리다** | 정선호
48 **너덜겅 편지** | 김 완
49 **찬란한 봄날** | 김유섭
50 **웃기는 짬뽕** | 신미균
51 **일인분이 일인분에게** | 김은정
52 **진뫼로 간다** | 김도수
53 **터무니 있다** | 오승철
54 **바람의 구문론** | 이종섶
55 **나는 나의 어머니가 되어** | 고현혜
56 **천만년이 내린다** | 유승도
57 **우포늪** | 손남숙
58 **봄들에서** | 정일남
59 **사람이나 꽃이나** | 채상근
60 **서리꽃은 왜 유리창에 피는가** | 임 윤
61 **마당 깊은 꽃집** | 이주희
62 **모래 마을에서** | 김광렬
63 **나는 소금쟁이다** | 조계숙
64 **역사를 외다** | 윤기묵
65 **돌의 연가** | 김석환
66 **숲 거울** | 차옥혜
67 **마네킹도 옷을 갈아입는다** | 정대호
68 **별자리** | 박경조
69 **눈물도 때로는 희망** | 조선남
70 **슬픈 레미콘** | 조 원